G Berry, Wal (?)

Oscar Brenifier

Was, wenn ich nicht der wäre, der ich bin?

Mit Illustrationen von
Jacques Després

Aus dem Französischen von
Anja Kootz

Gabriel

Der Komplizierte und der Einfache 4–9

Der Idealist und der Realist 10–15

Der Individualist und der Kontaktfreudige 16–21

Der Ernsthafte und der Verspielte 22–27

Der Aktive und der Beobachter 28–33

Der Aufrichtige und der Clevere 34–39

Der Sinnliche und der Intellektuelle 40–45

Der Wechselhafte und der Beständige 46–51

Der Temperamentvolle und der Zurückhaltende 52–57

Der Grübler und der Gelassene 58–63

Schon von klein auf lernen wir uns selbst kennen, während wir gleichzeitig die anderen entdecken.

Wir kommen mit Menschen in Kontakt, die uns ähneln und anderen, die einen grundsätzlich anderen Charakter haben. Manchmal haben wir den Eindruck, nicht verstanden zu werden, gegen eine Wand zu rennen, ja sogar uns unter unseresgleichen fremd zu fühlen.

Der Versuch, die menschlichen Charaktereigenschaften zu ergründen, bedeutet, einen großen Schritt auf diejenigen zuzumachen, die uns fremd erscheinen, aber auch einen Schritt auf uns selbst zuzumachen. Es bedeutet, unterschiedliche Weltanschauungen und verschiedene Lebensweisen zu entdecken. Es heißt auch, sich bewusst zu machen, dass jede gute Eigenschaft zu einer Schwäche werden kann, und jede Schwäche zu einer guten Eigenschaft.

Dieses Buch stellt zehn Paare gegensätzlicher Charaktere vor. Es gibt die Ernsthaften und die Verspielten, die Einfachen und Komplizierten, die Temperamentvollen und Zurückhaltenden ... So viele markante Persönlichkeiten, denen es manchmal schwer fällt, sich gegenseitig zu verstehen und zu akzeptieren.

Innerhalb eines Eigenschaftspaares wird jede Persönlichkeit in ihrer Vielfalt und ihren Vorzügen beschrieben, ebenso wie in ihren Eigenarten, die uns anziehen oder provozieren können. Denn das Fremdartige regt uns dazu an, über uns hinauszuwachsen. So abwegig oder unerklärlich uns bestimmte Eigenschaften erscheinen mögen, immer steckt ein wenig von uns selbst im anderen und ein wenig vom anderen in uns selbst ...

Wie ein Spiegel lädt uns dieses Buch mit einem Augenzwinkern dazu ein, über das nachzudenken, was die Menschen verbindet, und auch über die unnachahmliche Einzigartigkeit eines jeden von uns. Ein philosophisches Experiment, auf das man sich in jedem Lebensalter einlassen kann.

Für Isabelle – für ihre zähe Beharrlichkeit ...
Für all diejenigen, die die Kehrseite der Medaille und das Diesseits der Welt zum Vorschein bringen ...
O.B.

Der Komplizierte versteht die Welt als eine Vielzahl von Teilen.

Er nimmt die Dinge selten so hin, wie sie sind.
Er denkt, dass man alles untersuchen und zerlegen muss, da der Schein trügt.
Er glaubt, dass die Welt komplex ist und aus einer Vielzahl von Verkettungen, Verknüpfungen und verborgenen Winkeln besteht. Deshalb zweifelt er ständig und wägt immer alle Möglichkeiten ab.

Der Einfache nimmt die Dinge als Einheit wahr und als gegeben hin.

Er ist zuversichtlich und macht sich das Leben nicht schwer.
Er akzeptiert alles, wie es kommt, ohne sich darüber Gedanken zu machen, was passieren könnte, und ohne alles genau untersuchen zu wollen.
Er kümmert sich nicht um Details, er sieht und beschreibt die Welt auf nüchterne Art und Weise. Für ihn ist die Welt eher harmonisch und gut.

Der Komplizierte stellt oft hohe Ansprüche an sich und an andere. Man kann sich darauf verlassen, dass er alle Aspekte einer komplexen Situation gründlich und gewissenhaft untersucht. Da er aber mit verschiedensten Problemen rechnet, neigt er zur Unentschlossenheit und weiß nicht, wie er sich entscheiden oder wie er handeln soll. Er verliert sich außerdem leicht in Details, kommt durcheinander oder widerspricht sich selbst.

Der Einfache erwartet nicht viel von den anderen und auch nicht von sich selbst. Er hat eine klare Vorstellung von den Dingen und den Lebewesen. Er ist bescheiden und will nicht beweisen, dass er schlauer ist als andere.
Da er die Bequemlichkeit liebt, versucht er nicht etwas zu ergründen, das über das hinausgeht, was er bereits weiß.
Das lässt ihn manchmal ein wenig naiv erscheinen.

Der Idealist glaubt an Ideen und strebt nach dem Ideal.

Er findet, dass die Welt unvollkommen ist. Er möchte das verwirklichen, was ihm gerecht, wahr, gut oder schön erscheint, und darauf verwendet er all seine Kraft. Er scheut sich auch nicht vor unmöglichen Aufgaben. Oder aber er entscheidet sich dafür, in allem nur das Beste zu sehen.

Der Realist nimmt die Welt so an, wie sie ist.

Er misstraut den Ideen und hält sie für trügerisch: Er bevorzugt das, was man anfassen und messen kann. Für ihn zählt das, was ist, eher als das, was sich ereignen könnte. Er möchte die Tatsachen objektiv darstellen, ohne sie durch eigene Eindrücke zu verfälschen. Er akzeptiert die Wirklichkeit, auch wenn sie unangenehm ist, und richtet seine Handlungen danach aus, was möglich oder notwendig ist.

Der Idealist ist ein Mensch voller Hoffnung und Elan, ein Vorbild für alle, besonders wenn er erreicht, was er sich vornimmt. Er bringt die Menschheit voran, indem er ehrgeizige Herausforderungen sucht und sich ihnen stellt. Aber der Idealist schreitet nicht immer zur Tat: Er ist auch ein Träumer. Er berauscht sich an Worten und Ideen, an die er schließlich glaubt, wobei er alles ausblendet, was ihn stört. Seine Illusionen können ihn enttäuschen. Dann lässt er sie entweder fallen, oder er hält beharrlich und blind an ihnen fest, ganz auf eigene Gefahr.

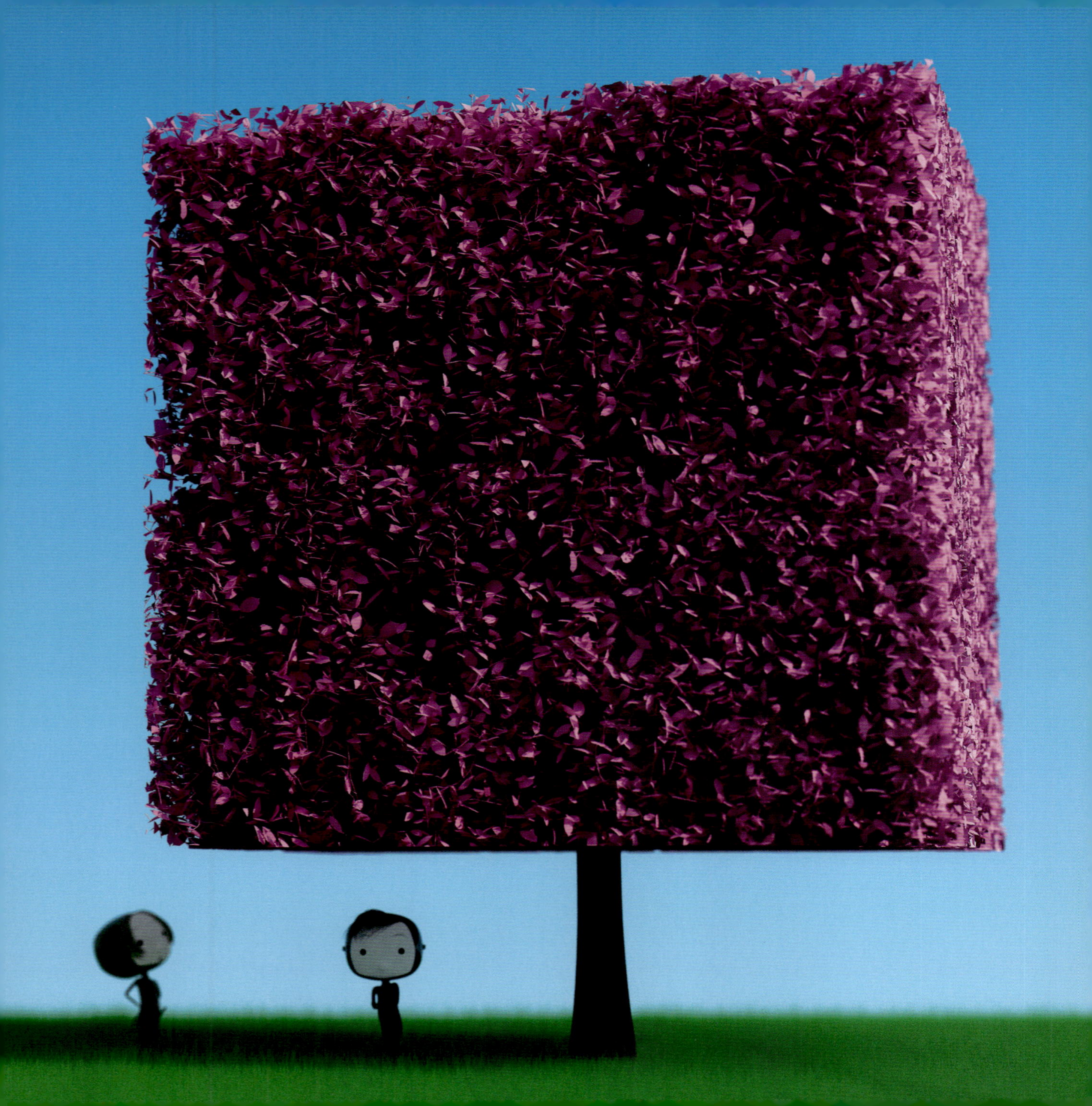

Der Realist glaubt das, was er nachprüfen kann. Er behauptet nur das, was er sicher weiß. Deshalb macht er sich keine falschen Illusionen über die Welt, über andere oder über sich selbst.

Er erkennt allerdings nicht immer, dass die Dinge anders sein könnten, als sie sind oder scheinen. Da er kaum in die Zukunft blickt, kümmert er sich selten darum, Ideen zu entwickeln, die die Welt verbessern oder ändern könnten.

Der Individualist sieht seine Existenzberechtigung in sich selbst.

Er macht sich Gedanken um das, was er ist und was er macht.
Er handelt entsprechend seinen Vorstellungen, Interessen und Plänen.
Er ist überzeugt, dass jeder nur an sich denkt, und er findet das normal. Er will sich vor den anderen schützen, die ihm, seiner Ansicht nach, zur Bedrohung werden können oder zu Konkurrenten, es sei denn, sie lassen sich darauf ein, so zu handeln, wie er es wünscht.

Der Kontaktfreudige braucht die anderen, um zu existieren.

Er denkt, dass er durch die Beziehungen existiert, die er zu anderen pflegt: zu Menschen, die ihm nahestehen, zur Gesellschaft oder sogar zur gesamten Menschheit. Liebe, Freundschaft, die Familie oder die Nation sind für ihn wichtig. Er möchte so handeln, dass es den Menschen in seiner Umgebung nützt oder gefällt. Er braucht Anerkennung.

Der Individualist ist frei und unabhängig, denn es geht ihm nicht darum, den anderen zu gefallen, oder darum herauszufinden, was die anderen von ihm denken.
Er steht voll und ganz zu seinem Handeln und macht weder sein Gegenüber noch die Gesellschaft dafür verantwortlich.
Da er sich hauptsächlich seinen eigenen Interessen verpflichtet fühlt und sich nach ihnen richtet, neigt er dazu, den Grundsatz »Jeder für sich« zu verteidigen, selbst wenn das der allgemeinen Moral zuwiderläuft.

Der Kontaktfreudige neigt dazu, großzügig und aufmerksam zu sein, sich um die anderen zu kümmern, sogar die anderen für wichtiger zu halten als sich selbst. Weil ihm Gefühle und die allgemeine Moral sehr am Herzen liegen, kann er sich leicht in eine Gemeinschaft oder ein Team einfügen. Aber aus Angst, jemanden zu verletzen oder verletzt zu werden, aus Mangel an Selbstvertrauen und Vertrauen in andere, fällt es ihm manchmal schwer, seinen eigenen Standpunkt deutlich zu machen. Lieber passt er sich dem an, was die anderen denken und tun.

TN 565661

Der Ernsthafte denkt, dass alles im Leben wichtig ist.

Er findet, dass keine Entscheidung ohne gründliche Überlegung getroffen werden sollte, denn alles kann Verwicklungen und Konsequenzen zur Folge haben. Er fühlt sich verantwortlich für das, was er tut, und will immer sein Bestes geben. Er will alles perfekt machen und seine Vorhaben in die Tat umsetzen.

Der Verspielte denkt, dass das Leben ein einziger Zeitvertreib ist.

Er meint, dass alles ein Vorwand sei, um sich zu amüsieren, Risiken einzugehen und sich Herausforderungen zu stellen. Der Verspielte setzt auf den Zufall, der seiner Ansicht nach die Dinge zu einem guten Ende bringt. Er muss sich frei fühlen und Gefallen an einer Sache finden, um sich voll und ganz auf sie einlassen zu können. Er erträgt es nicht, zu etwas gezwungen zu werden.

Der Ernsthafte ist zuverlässig: Man kann auf ihn zählen. Er folgt nicht seinen Launen. Er engagiert sich und fürchtet weder Mühe noch Arbeit, was ihm dabei hilft, im Leben erfolgreich zu sein. Aber manchmal hat er eine sehr hohe Meinung von sich selbst. Es kann für die anderen anstrengend sein, wenn er sie zwingt, alles, was gesagt oder getan wird, äußerst wichtig zu nehmen.

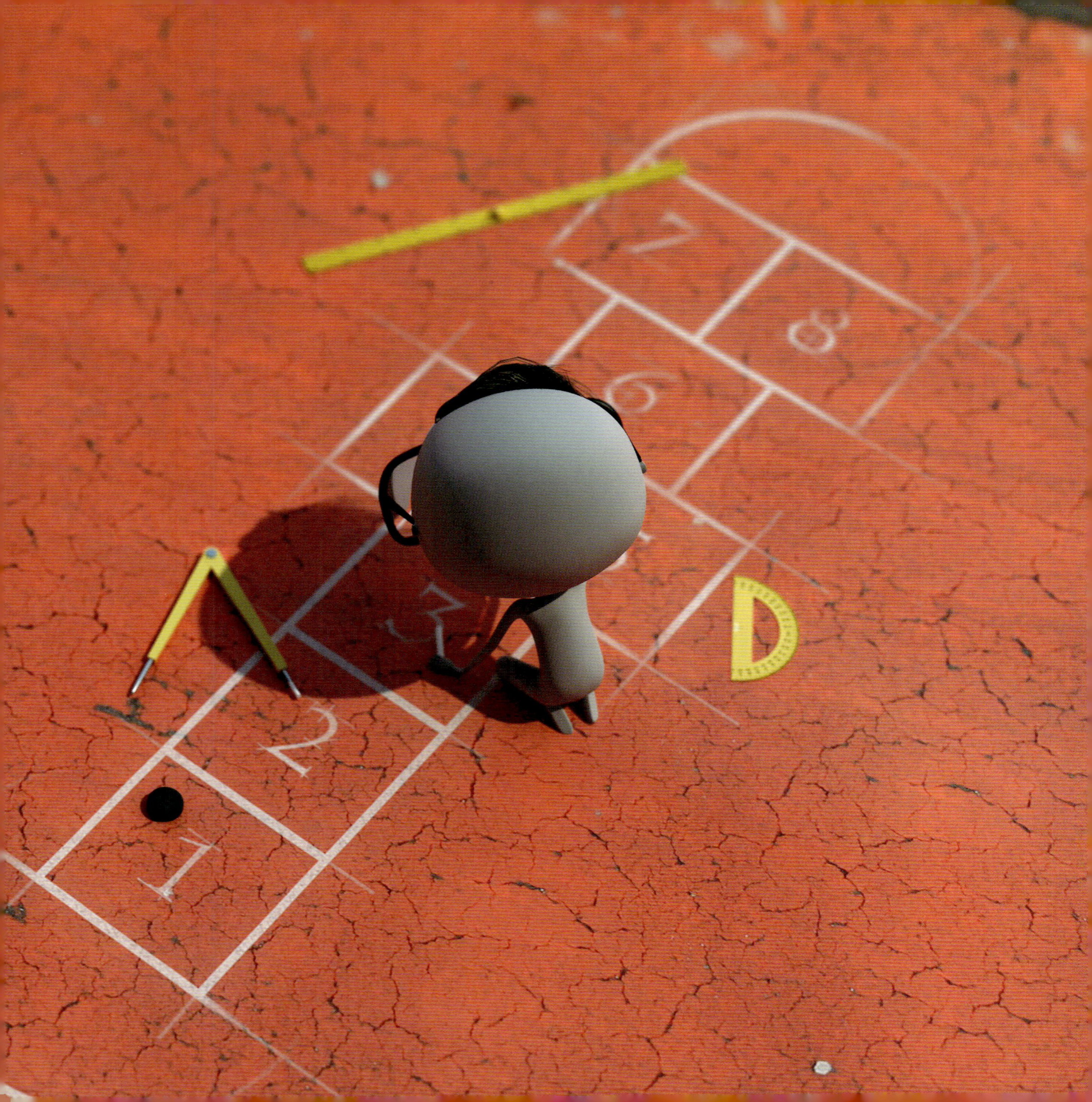

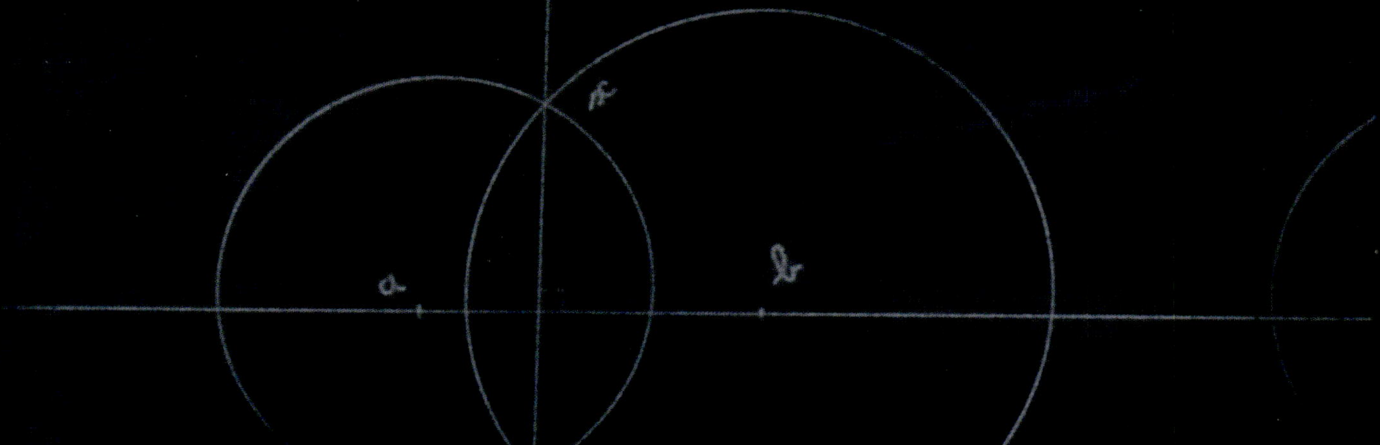

In Gesellschaft des Verspielten lebt es sich gut, denn er nimmt das Leben von seiner leichten Seite und stellt keine Ansprüche an die anderen. Er ist ein lustiger Mensch und geht Probleme spielerisch an. Er kann sich mit wenig zufriedengeben und lebt sein Leben im Hier und Jetzt. Er liebt es, sich in unvorhersehbare Situationen zu stürzen. Da er selbst nichts ernst nimmt, kommt es vor, dass er sich über Dinge oder Menschen lustig macht, ja sie sogar rücksichtslos verletzt. Er ist unberechenbar und kann einer Sache rasch überdrüssig werden. Es fällt ihm manchmal schwer, sich festzulegen, und hin und wieder ist er ein schlechter Verlierer.

Der Aktive sieht das Leben als ein Ständig-in-Bewegung-sein.

Nichts hält ihn auf seinem Platz. Er handelt, um sich lebendig zu fühlen und weil das seinem Leben einen Sinn gibt.
Er ist der Meinung, dass man im Leben Pläne haben und diese auch in die Tat umsetzen muss. Er handelt, weil das interessant, nützlich, gut oder notwendig ist.
Er schätzt Effizienz und denkt schnell, dass nichts erledigt wird, was er nicht selbst in die Hand nimmt.

Dem Beobachter gefällt es, alles, was ihn umgibt, aufmerksam zu betrachten.

Er ist bedächtig, manchmal passiv. Sich anzustrengen, ist nicht seine Stärke, sondern kostet ihn Überwindung. Der Beobachter möchte sehen und verstehen, ohne dabei viel Kraft aufzuwenden. Er denkt aus Spaß über große Ideen oder Taten nach und weil er die Schönheit schätzt, ohne irgendeinen Nutzen daraus ziehen zu wollen. Er begnügt sich mit dem Alltäglichen und damit, den Augenblick zu genießen.

Der Aktive ist tatkräftig und begeisterungsfähig.
Er hat einen ausgeprägten Sinn fürs Praktische und kann mehrere Dinge gleichzeitig tun. Da er aber schnell zu Ende bringen möchte, was er in die Wege leitet, wird er hin und wieder chaotisch und hektisch. Er weiß Probleme

anzugehen und sie zu lösen: Er ist in der Lage, anderen zu helfen. Dennoch, wenn ihm die Menschen zu langsam oder unentschieden sind, versucht er schon mal, ihnen seine Art aufzudrängen. Deshalb empfinden ihn die Menschen in seiner Umgebung manchmal als anstrengend.

Der Beobachter nimmt sich Zeit fürs Leben; er ist ruhig und gelassen, wirkt auf andere beruhigend und hat ein friedfertiges Wesen. Er ist in der Lage, die Dinge mit Abstand zu betrachten.

Er strengt sich nicht gern an, mag keine Störungen und schiebt seine Pläne schon mal auf. Er hat hochfliegende Träume, aber da das Handeln ihn Überwindung kostet, gibt er das, was er anfängt, manchmal schnell wieder auf.

Der Aufrichtige sagt, was er denkt, und glaubt, was er sagt.

Er sagt immer die Wahrheit und handelt nach seinen Überzeugungen, selbst wenn das Probleme mit sich bringt. Er reagiert unmittelbar auf das, was man ihm sagt, ohne seine Gedanken, Absichten oder Gefühle zu verstecken. Er urteilt fortwährend, sagt seine Meinung zu allem und verlässt sich dabei ganz und gar auf seine Empfindungen und seine Ansichten.

Der Clevere sagt nur, was ihm nützlich oder zweckmäßig erscheint.

Er denkt, dass die Welt voller Fallen ist, dass der Schein trügt und dass man sich vor allem und jedem in Acht nehmen muss. Er weiß, dass die Dinge sich ständig wandeln, und plötzliche Situationsänderungen überraschen ihn nicht. Er ist berechnend und gerissen. Er versucht alle Eventualitäten vorauszusehen, um das zu bekommen, was er will. Dabei meidet er Konflikte, es sei denn, sie sind notwendig.

Der Aufrichtige ist spontan und ehrlich. Er redet, ohne andere manipulieren zu wollen. Er hat oft ein freundliches und sensibles Wesen, er nimmt sich vieles zu Herzen; seine Naivität macht ihn sympathisch und liebenswert. Da er aber überzeugt ist, ein guter Mensch zu sein und immer die Wahrheit zu sagen, kommt es vor, dass es ihm an Objektivität und Kritikfähigkeit fehlt. Er denkt nicht an die Konsequenzen seines Handelns, und so kann es schnell passieren, dass er in Streit gerät oder sich lächerlich macht.

Der Clevere verfügt über einen ausgeprägten Sinn fürs Praktische. Er ist ein guter Schauspieler und redet und handelt mit einem bestimmten Ziel. Er weiß, welche Auswirkungen seine Worte und Taten haben, denn er versteht, wie die Welt und die anderen funktionieren. Er versucht alles zu seinem Vorteil zu wenden und stellt seine persönlichen Interessen über die der anderen. Und da ihm alle Mittel recht sind, um sein Ziel zu erreichen, schreckt er auch nicht davor zurück, zu lügen oder die Menschen zu manipulieren.

Der Sinnliche erfährt sich hauptsächlich über seinen Körper.

Für ihn ist die Wirklichkeit vor allem materiell,
denn Ideen kann man nicht anfassen. Der Sinnliche möchte die Dinge berühren,
fühlen, hören, sehen, schmecken: Er will die Welt durch den direkten Kontakt
erfahren, was ihm verlässlicher und befriedigender erscheint als das bloße Denken.
Er hört auf seine Sinne, er »denkt« mit seinem Körper
und drückt sich über ihn aus.

Der Intellektuelle will alles durch Nachdenken verstehen.

Für ihn ist die Wirklichkeit ein Rätsel, das es zu lösen gilt: Man muss sie zunächst verstehen und sollte nur dann handeln, wenn es nötig ist. Der Intellektuelle äußert seine Ideen, um die Dinge zu erklären, und er will alles benennen, was ihm begegnet: Dadurch hat er das Gefühl, mit der Welt besser umgehen zu können und sich selbst besser kennenzulernen. Wissen ist für ihn der beste Weg, Macht zu erlangen.

Der Sinnliche vertraut seinem Körper und seiner eigenen Erfahrung mehr als dem Wissen anderer.
Deshalb will er alles ausprobieren, auch wenn das riskant ist.
Häufig nimmt er sich nicht die Zeit, etwas zu überdenken.
Er handelt voreilig, ohne die Folgen abzuschätzen.
Durch diese Gedankenlosigkeit wirkt sein Verhalten auf andere manchmal grob.

Der Intellektuelle handelt besonnen und überlegt. Dabei ist er sich bewusst, dass seine Urteile und Handlungen Konsequenzen haben. Er ist erfinderisch, immer bemüht, sein Gegenüber und auch sich selbst zu verstehen, und er ist wissensdurstig. Da er aber sehr in seinen Gedanken gefangen ist, vergisst er leicht die Wirklichkeit und verliert sich manchmal in endlosen Überlegungen, die ihn vom Handeln abhalten können. Oft meint er, alles zu wissen: Deshalb wirkt er zuweilen kühl und anmaßend.

Der Beständige mag es, wenn er alle Lebewesen und Dinge einschätzen kann.

Für ihn teilt sich die Welt in zwei Bereiche. Den einen, in dem er sich wohlfühlt, der ihm vertraut ist, und in den anderen, den unbekannten weiten Raum, in dem er sich unsicher fühlt. Er wagt es selten, seine Grenzen zu überschreiten und von seinen Gewohnheiten abzuweichen, denn er lebt gern nach seinen eigenen Maßstäben, pflegt seine Beziehungen und handelt auf lange Sicht. Er baut auf die Vergangenheit und freut sich an dem, was er bereits erreicht hat.

Der Wechselhafte sehnt sich nach Vielfalt und Abwechslung.

Für ihn ist die Welt voller möglicher Entdeckungen und spannender Veränderungen. Er langweilt sich schnell, nicht nur an Orten, die er kennt, und bei Dingen, die er tut, sondern auch mit Menschen, die ihn umgeben. Er mag keinerlei Wiederholung. Mehr als alles andere liebt er seine eigene Freiheit.

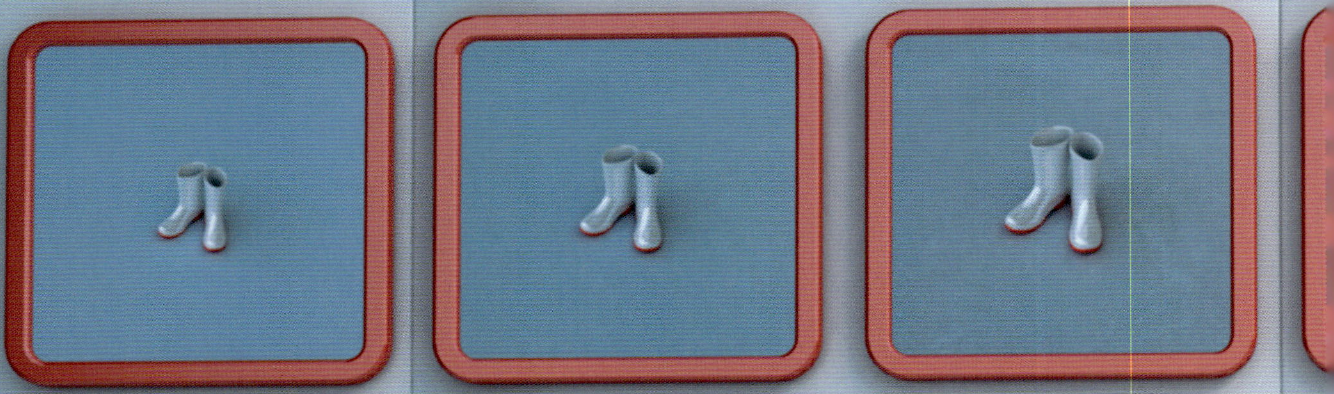

Der Beständige bleibt sich selbst treu. Er kann sich binden und verlässlich sein, was seine Beziehungen mit anderen erleichtert. Er sucht nicht um jeden Preis das Neue, denn er fürchtet die Langeweile nicht. Er ist oft vorsichtig und begegnet Fremdem und Fremden zurückhaltend. Er kann ein Gefangener seiner Gewohnheiten oder der Tradition werden, bis hin zu dem Punkt, dass er verkrampft und unnachgiebig wird.

Der Wechselhafte passt sich leicht neuen Situationen an. Er hat Phantasie und ergreift gern die Initiative. Er ist offen für alles Neue. Deshalb kann er in der Gesellschaft jemand sein, der die Dinge vorantreibt. Da er aber zu allererst seinen eigenen Stimmungen und Eingebungen folgt, ändert er oft seine Meinung. Deshalb wirkt er manchmal launisch und wenig umgänglich.

Der Temperamentvolle will gesehen und gehört werden.

Er drückt sich vielfältig aus: durch Worte, Bilder, Gesten, Kunst. Es reicht ihm nicht, nur zu existieren: Er muss von seinem Leben erzählen, um seine eigene Bedeutung oder die Bedeutung der Welt zu unterstreichen. Er ist darauf angewiesen, dass die anderen ihn beachten, er liebt es, sich zu präsentieren oder mit anderen zu diskutieren. Er interpretiert die Welt ständig neu und neigt dazu, alles zu glauben, was er erzählt.

Der Zurückhaltende offenbart sich so wenig wie möglich.

Er traut den Wörtern nicht: Sie können lügen, die Wirklichkeit verzerren oder gegen seinen Willen etwas über ihn verraten. Er äußert sich nur, wenn ihm das unvermeidbar scheint, oder wenn er Vertrauen zu jemandem hat. Entweder sind ihm Wörter nicht wichtig und deshalb bevorzugt er Taten und Fakten. Oder aber er schreibt den Wörtern zu viel Bedeutung zu und fürchtet, dass sie seine Gefühle und Gedanken preisgeben.

Der Temperamentvolle ist sehr gesellig, er umgibt sich gern mit anderen Menschen: Man muss ihn nicht lange bitten, damit er am Gespräch teilnimmt, und er versteckt nicht, wer er ist oder was er macht. Da er gern im Mittelpunkt steht, redet er manchmal ohne Punkt und Komma. Er ist oft sehr selbstbezogen und von seiner Botschaft überzeugt. Deshalb fällt es ihm schwer, anderen seine Aufmerksamkeit zu schenken, außer wenn es darum geht, herauszufinden, was sie über ihn denken.

Der Zurückhaltende stört die anderen nicht: Er ist weder aufdringlich noch laut. Er respektiert den Freiraum der anderen und kann ein Geheimnis für sich behalten, und er versucht keineswegs, irgendwen zu dominieren. Hinter diesem Respekt versteckt sich aber oft eine Art Schüchternheit. Da er denkt, dass die Menschen ihn bedrohen oder angreifen könnten, hat er Angst seine Meinung zu sagen. Er prüft jede Situation genau und wartet auf den richtigen Moment, um aus sich herauszugehen und auszudrücken, was er wirklich will.

Der Grübler sorgt sich um alles und jeden.

Er kommt nie zur Ruhe. Er grübelt darüber, was passiert, passieren wird, passieren könnte und auch über das, was bereits passiert ist. Nichts kann ihn beruhigen oder gänzlich zufriedenstellen.
Er neigt dazu, überall Probleme zu sehen. Er will an alles denken, auch an jedes Detail, da er häufig fürchtet, etwas Wichtiges zu vergessen.

Der Gelassene ruht in sich und behält einen gesunden Abstand zu den Dingen.

Der Gelassene ist sanftmütig und zufrieden, denn er will nichts und erwartet nichts, was ihn auf eine Art zu einem Weisen macht. Schicksalsergeben neigt er dazu, zu denken, dass die Dinge, die passieren müssen, passieren, seien sie nun gut oder schlecht. Seine Ruhe zu haben, ist ihm wichtiger als alles andere. Er meidet, soweit möglich, Lärm und Störungen. Er weiß, wie man sich Situationen anpasst, um sich nicht durcheinanderbringen zu lassen.

Der Grübler will nichts unberücksichtigt lassen, deshalb denkt er viel nach. Er ist aufmerksam und sensibel. Er wird des Denkens nicht müde: Er äußert wenig verbreitete Ansichten, und alles, was ihm begegnet, bringt ihn dazu, sich Fragen zu stellen, manchmal sehr überraschende. Er mag die Unsicherheit nicht, obwohl er sich bei nichts wirklich sicher ist. Er ist daher oft unzufrieden, was ihn wiederum unglücklich macht.

Der Gelassene mag keine Konflikte, was den Umgang mit ihm einfach macht. Er weiß die Welt so zu nehmen, wie sie ist, und lebt von einem Tag zum anderen, aber er kann sich auch anstrengen, wenn es notwendig ist. Da er eher zuversichtlich ist, versucht er nicht, den Lauf der Dinge zu ändern oder seine Pläne durchzusetzen. Manchmal fehlt es ihm an Energie und Ehrgeiz. Sein Bedürfnis nach körperlichem und seelischem Wohlbefinden kann auf andere zuweilen egozentrisch wirken.

Oscar Brenifier ist Doktor der Philosophie und veranstaltet in zahlreichen Ländern philosophische Seminare und Workshops für Erwachsene und Kinder. Er hat bereits einige philosophische Bücher für Erwachsene und Kinder veröffentlicht.
www.brenifier.com

Jacques Després orientierte sich nach einer Juwelierlehre um und wurde Künstler. Im Laufe der Jahre hat er in so unterschiedlichen Bereichen wie Animation, Spielentwicklung und Bühnenbildgestaltung gearbeitet.
www.jacquesdespres.eu

Gabriel-Newsletter
Lesetipps und vieles mehr kostenlos per E-Mail
www.gabriel-verlag.de

Brenifier, Oscar/Després, Jacques:
Was, wenn ich nicht der wäre, der ich bin?
Aus dem Französischen von Anja Kootz
ISBN 978 3 522 30298 2

Anja Kootz dankt der Kunststiftung NRW und
dem Europäischen Übersetzer-Kollegium
für die Unterstützung ihrer übersetzerischen Arbeit.

Die Originalausgabe erschien unter dem Titel
„Le livre des grands contraires psychologiques"

Texte: Oscar Brenifier
Illustrationen: Jacques Després
Umschlagtypografie: Michael Kimmerle
Innentypografie: Bettina Wahl
Schrift: Pakenham Free, Rotis Sans

5 4 3 2 1° 12 13 14 15